AF312705

11 DEC. 1865

V 80

## COLLECTION DE M. DE LA FONTINELLE

### DEUXIÈME PARTIE

# TABLEAUX

ET

# OBJETS D'ART

M⁰ COUTURIER, Commissaire-Priseur.

M. BARRE, Expert.

EXEMPLAIRE DE H STETTINER

Renou et Maulde, imprimeurs de la Compagnie des Commissaires-Priseurs,
rue de Rivoli, 144.                    45999

# COLLECTION DE M. DE LA FONTINELLE

## DEUXIÈME PARTIE

# CATALOGUE

DES

# TABLEAUX

ET

# OBJETS D'ART

DONT LA VENTE AURA LIEU

# HOTEL DROUOT

### SALLE Nº 5

Les Lundi 11, Mardi 12, Mercredi 13, Jeudi 14 et Vendredi 15 Décembre 1865

A DEUX HEURES.

---

Par le ministère de Mᵉ **COUTURIER**, Commissaire-Priseur,
boulevart de Sébastopol, 95, rive droite,
Assisté de **M. BARRE**, Expert, rue de la Boule-Rouge, 7.

---

EXPOSITIONS { Particulière, le Samedi 9 Décembre 1865, } De 1 à 5 heures.
{ Publique, le Dimanche 10 Décembre 1865. }

———◇———

PARIS — 1865

# CONDITIONS DE LA VENTE

Elle sera faite expressément au comptant.

Les Acquéreurs paieront, en sus du prix d'adjudication, CINQ POUR CENT, applicables aux frais.

La deuxième partie de l'importante Collection de
M. DE LA FONTINELLE, qui fait l'objet du présent
Catalogue, se compose d'excellents Tableaux des
meilleurs Maîtres des Écoles française et hollandaise
et de quelques Tableaux de l'École italienne, parmi
lesquels un charmant Portrait d'enfant du Titien,
une Marine de G. Van de Velde, un Paysage par
Both d'Italie, et un Tableau de Lingelbach, de la
plus belle composition et de la meilleure qualité du
maître, et enfin d'autres œuvres intéressantes de
Metzu, P. Potter, Backhuysen. Berkeyden, Lancret,
Largillière, Van Loo, etc.

Parmi les Objets d'art, nous ferons remarquer de
belles Sculptures en marbre, Bustes et Bas-Reliefs
antiques, et des xvi$^e$ et xvii$^e$ siècles, une superbe
Coupe en onyx, plusieurs Pièces d'argenterie très-
curieuses, des Plaques en émail et divers Objets de
montre, Cristaux de roche, Bijoux et Miniatures, et
enfin quelques Plats de Faenza et de Bernard Palissy.

# TABLEAUX

— ∙ —

## ÉCOLE FRANÇAISE

### BOURGUIGNON

1 — Choc de cavalerie.

### LANCRET

2 — Jeune Bergère surprenant un paysan endormi.

### LANTARA

3 — Paysage avec chute d'eau. Effet de soleil couchant.

### CALLOT

4 — Incendie d'une ville.

# CASANOVA

5 — Cavalier sur une route.

# LARGILLIÈRE

6 — Portraits en pied des jeunes ducs de Béthune, dont l'un en costume de cérémonie, et l'autre en costume des ordres.

# MILLÉ (FRANCISQUE)

7 — Danse de Nymphes et de Satyres dans un paysage.

# MOREAU

8 — Jeun Femme à sa toilette.

# PATEL

9 — Paysage : la Fuite en Egypte.

10 — Paysage avec ruines. Effet de soleil couchant.

## LECLERC DES GOBELINS

11 — Jeune Femme à sa toilette.

## SAUVAGE

12 — Médaillon : Sujet d'amour. (Grisaille.)

13 — Pendant du précédent.

## SCHÉNEAU

14 — La Marguerite effeuillée.

## VAN LOO

15 — Portrait de Marie Leczinska en costume de cour.

## ROBERT (LÉOPOLD)

16 — Étude pour son tableau des Moissonneurs.

## VOUET (SIMON)

17 — Les Saintes Femmes en pleurs devant le corps du Christ.

## VRIESSE (Signé et daté 1541)

18 — Jugement de la chaste Suzanne.

## WATTEAU

19 — Portrait de Lulli.

20 — Sujet mythologique.
Tableau traité dans la manière italienne.

21 — Tête d'enfant.

22 — Paysage italien avec figures.

## ÉCOLE FRANÇAISE

23 — Jeune femme en costume oriental, tenant une perruche.

24 — Deux bouquets de fleurs. (Vernis Martin.) Deux pendants.

# ÉCOLES HOLLANDAISE, ITALIENNE & ALLEMANDE

## BLOEMERS

25 — Fruits posés sur une table de marbre.

## BRAUWER

26 — Intérieur de tabagie.

## BACHUYSEN

27 — Mer agitée, sillonnée de navires.

## VAN BORSELEN

28 — Vue de la ville de Leiden.

## LINGELBACH (Signé)

29 — Vue du Port de Livourne.
Divers matelots sont occupés à décharger des navires.

## METZU (Signé)

30 — Intérieur d'un atelier d'armurier, orné de figures.

## HOOG (PIERRE DE)

31 — Intérieur avec figures.

## BAMBOCHE (PIERRE DE LAAR, dit)

32 — Fête de la Saint-Jean en Italie.

## BAKHUYSEN

33 — Mer houleuse. Départ d'une flottille.

## BERGHEM

34 — Le Chariot. Effet d'hiver.

## BERKEYDEN

35 — Vue de la ville d'Amsterdam.

## BONAVENTURE (PETERS)

36 — Marine. Mer agitée.

## BOTH D'ITALIE

### (Signé et daté.)

37 — Site italien, orné de figures et d'animaux.

## BREUGHEL

38 — Marche de Cavaliers dans un paysage.

39 — Paysage orné de figures et animaux.

40 — Pendant du précédent.

41 — Port de mer animé d'un grand nombre de figures.

## BREUGHEL et VAN BALEN

42 — Paysage. Sujet mythologique.

43 — Enlèvement de Bérénice.

## BREUGHEL ET ROTTENHAMER

44 — Diane au milieu de ses Nymphes découvre la grossesse de Calisto.

## BRIL (PAUL)

45 — Paysage avec chute d'eau animé de figures.

## CULEMBURG

46 — Nymphes se baignant au milieu de ruines.

## CASQUEL

47 — Marine.

## COQUE (GONZALÈS)

48 — Jeune Fille tenant un oiseau.

## CUYP (ALBERT). Signé

49 — Paysage. Environs de Dortrecht.

# CUYP (ALBERT)

50 — Animaux au pâturage.

# DEKKER

51 — Paysage avec ruines orné de figures.

# DEVOS

52 — Portrait du sculpteur Phéderbe, ami de Rubens.

# DEVRIES

53 — Paysage avec cours d'eau.

# DOW (GÉRARD). Signé

54 — Portrait d'Homme de qualité, d'une grande finesse d'exécution.

# FRANCK LE VIEUX

55 — Tableau allégorique.

## COQUE (GONZALÈS)

56 — Repas de Dames et de Seigneurs dans un parc.

## GILLEMANS

57 — Fleurs et Fruits. (Deux pendants.)

## GRIFFIER (Signé et daté 1654)

58 — Paysage de la Hollande. Effet de neige.

## HOBBEMA (Signé)

59 — Environs de Groningue. Paysage avec cours d'eau et chaumière, orné de figures.

## VAN AALST

60 — Oiseaux morts. (Deux pendants.)

## FERGUSON (Signé)

61 — Perdrix et Oiseaux morts. (Deux pendants.)

# HOLBEIN

62 — Portrait de Dame, costume du XVIe siècle.

# HONDEKOETER (GILLIS)

63 — Oiseaux de basse-cour.

# HOLBEIN

64 — Portrait de Savant.

# HOUET (GÉRARD)

65 — Les neuf Muses.

# HUCTEMBURG (Signé)

66 — Halte de Chasseurs au milieu d'une forêt.

# HUYSMANS

67 — Paysage orné de figures.

# KLOMP (ALBERT)

68 — Animaux au pâturage.

# KOBELL

69 — Animaux au pâturage.

# S. KONING

70 — Vieillard lisant un livre d'astronomie.

# LEDUC (JEAN)

71 — Intérieur de corps de garde.

Ce tableau est gravé.

# LUCAS DE LEYDEN

72 — Scène d'intérieur. Personnages en costume du XVIᵉ siècle.

# METZU

73 — Jeune Femme tenant un enfant dans ses bras.

## METZYS (QUENTIN)

74 — L'Usurier.

## MIÉRIS (GUILLAUME)

75 — Paysage avec Baigneuses.

## MOUCHERON

76 — Halte de Chasseurs. Paysage traversé par une rivière, avec figures, par Wouwermans.

## MOLNAERT

77 — Effet de neige. Paysage de Hollande.

## C. NETSCHER

78 — Portrait de Jeune Fille, en riche costume, dans un intérieur de parc.

## OTTO-MARCELLIS

79 — Insectes dans un Paysage. (Deux pendants.)

## OSTADE (ADRIEN)

80 — Po rtrait en buste d'un vieux paysan.

## LEEN (VAN)

81 — Fleurs et Fruits. ( Quatre tableaux faisant pendants.)

## PALAMÈDE

82 — Le Concert.

## PORBUS

83 — Portrait de Marie de Médicis.

## P. POTTER (Signé)

84 — Chevaux au pâturage.

## RUYSCH (RACHEL)

85 — Fleurs dans un vase.

# RUYSCH (RACHEL)

86 — Pendant du précédent.

# ROMBOUTS

87 — Environs de Scheweningue.

# ROTTENHAMER

88 — Diane découvrant la grossesse de Calisto.

89 — Jugement de Pâris.

# RUBENS

90 — Triomphe de la Religion.

> Première pensée du tableau qui orne le maître-autel de la cathédrale d'Anvers.

91 — Paysage avec figures : Les Travaux des Champs.

# S. RUYSDAEL

92 — Environs de Rotterdam.

## SEGHERS (DANIEL)

93 — Guirlande de Fruits.

## SOLMAKER

94 — Paysage avec animaux. (Deux pendants.)

## TENIERS FILS

95 — Le Marché conclu. Petit paysage orné de figures.

## VAN SPAENDONCK

96 — Fleurs et Fruits dans un vase, orné de bas-reliefs.

## STEENWICK

97 — Intérieur d'Église avec personnages.

## STEEN (JEAN). Signé

98 — La Kermesse.

# TENIERS (DAVID)

99 — Paysage avec rochers et ruines. Deux Paysans sont occupés à causer.

# TERBURG

100 — Portraits de Seigneur et de Dame de qualité. (Deux pendants.)

# ULSWIT

101 — Canal hollandais.

# VAN BLOOMEN

102 — Marché aux Chevaux.

# VAN DER HEYDEN

103 — Vases d'argent, armes et divers accessoires posés sur une table.

# VAN DYCK

104 — Christ mort sur les genoux de la Vierge.
Les anges sont prosternés à ses pieds.

## G. VAN DE VELDE

105 — Mer calme. Vue prise des côtes d'Angleterre.

> Dans le fond, divers navires sont à l'ancre. Un navire salue son arrivée.

## . VAN DE VELDE

106 — Marine. Mer calme.

## VAN DER POOL

107 — Incendie de Village.

## RUYSDAEL (SALOMON)

108 — Marine. Mer agitée.

## J. VAN HUYSUM (Signé)

109 — Fleurs et Fruits.

## VAN HUYSUM (JUST.)

110 — Paysage avec ruines et décors de fleurs.

# VAN OS

111 — Bouquet de Fleurs.

# BACKHUYSEN

112 — Mer agitée sillonnée de navires.

# A. VAN OSTADE

113 — Buveur.

# VAN ROMEYN

114 — Animaux au repos.

# VALKENBURG

115 — Gibier, Fruits et divers posés sur une table de pierre, ornée d'un bas-relief.

# VALKENBURG

116 — Pendant du précédent.

# VERHELST

117 — La Lecture de la lettre. Scène d'intérieur.

# WEENIX

118 — Oiseaux et Gibier morts posés sur une console.

# L. B. (Signé)

119 — Marine. Effet de mer calme.

# HECKEL

120 — Intérieur avec figures.

# ÉCOLE FLAMANDE

121 — Tabagie.

122 — Paysage avec figures et animaux.

123 — Portrait d'Homme. (Grisaille.)

124 — Portrait de Henri VIII.

125 — Le Concert en famille.

126 — Plantes et Oiseaux.

# JORDAENS

**127** — Le Concert en Famille. (Grisaille.)

# ÉCOLE DU XVI<sup>e</sup> SIÈCLE

**128** — Scène de Massacre.

# ÉCOLE ALLEMANDE

**129** — Portrait de Seigneur.

# LAWRENCE

**130** — Portrait de Jeune Dame.

# ÉCOLES ITALIENNE & ESPAGNOLE

## BRONZINO

131 — Portrait de Marie de Médicis jeune.

## CANALETTI

132 — Vue de Venise.

133 — Vue du Palais Vecchi.

## CARRACHE (ANNIBAL)

134 — La Sainte Famille.

## CARRACHE (ANTOINE)

135 — Les Funérailles d'Adonis.

## ÉCOLE ITALIENNE

136 — Buste de jeune Femme couronnée d'un diadème.

# PALME LE VIEUX

**137** — Sainte Famille dans un paysage.

# PANINI

**138** — Au milieu d'un paysage, avec ruinés, des Nymphes se livrent au plaisir du bain.

# SASSO-FERRATO

**139** — Tête de Vierge, les mains jointes.

# VÉRONÈSE (ALEXANDRE)

**140** — Jeune page présentant une corbeille de fruits à une dame de qualité.

# VAN VITELLI

**141** — Deux Marines. Vues d'Italie.

# ZEEMANN

**142** — Port de Mer italien.

# VÉLASQUEZ (École de)

**143** — Jeune Page et Chiens.

**144** — Tête de Sainte dans sa bordure sculptée à jour.

# LORCHELOO (Signé)

**145** — Paysage avec ruines animé de personnages.

# TITIEN

**146** — Portrait de la fille de Robert Strozzi.

> Elle est représentée debout, offrant un gâteau à un petit chien près duquel elle est appuyée.

# OBJETS DE CURIOSITÉ

ET

# ANTIQUITÉS

**Bronzes, Émaux, Ivoires, Cristaux de roche et Miniatures.**

147 — Groupe en biscuit de Sèvres, pâte tendre : Vénus et l'Amour.

148 — Narghilé oriental, bronze gravé, fond d'or et rouge.

149 — Statuette de Jupiter, en bronze florentin, avec socle en marbre vert.

150 — Statuette de femme, en bronze florentin, avec socle en marbre vert.

151 — Groupe en bronze italien : Vénus et Amours.

152 — Croix en cristal de roche, avec Christ en argent sur un socle en buis sculpté.

153 — Petit Baromètre Louis XVI, en ivoire.

154 — Deux camées bustes dans leurs bordures en bronze doré.

155 — Une plaque de miroir, avec inscription fleurdelisée. Travail du XVIᵉ siècle.

156 — Deux charmants petits portraits sur vélin, Mᵐᵉ de Montpensier et Mˡˡᵉ de Lavallière, entourés de guirlandes de fleurs, dans leurs bordures de l'époque.

157 — Petit Socle en cristal de roche.

158 — Groupe de trois enfants, ancien ivoire.

159 — Poignard malais, enrichi de pierres fines et d'or.

160 —  Id.   avec manche en jade, orné de croisillons d'or et de pierres précieuses.

161 — Poignard persan, monté en argent, avec sa gaîne.

162 — Boîte en écaille piquée d'or.

163 —  Id.   piquée et posée d'or.

164 — Douze bas-reliefs, sujets mythologiques, bronze italien.

165 — Bas-relief, buste de moine en terre cuite, avec cadre sculpté.

166 — Bas-relief en bronze, buste de Catherine de Russie.

167 — Deux Bouteilles en verre de Bohême, finement gravées.

168 — Quatre Flambeaux Louis XVI, en bronze doré.

169 — Charmante petite plaque cintrée, en argent, du xvi<sup>e</sup> siècle, représentant la Résurrection du Christ.

170 — Très-beau camée des xv<sup>e</sup> au xvi<sup>e</sup> siècle : la Création.

171 — Petit portrait de Dame, costume du xvi<sup>e</sup>, dans sa bordure enrichie de coraux et de nacres.

172 — Deux petits portraits : Seigneur et dame, xvi<sup>e</sup> siècle. Peintures très-fines, dans leurs cadres en bois doré.

173 — Camée : Portrait du pape Benoît XIV.

174 — Camée : Hercule.

174 bis — Une agrafe de ceinturon décoré d'ornements et de figures. xvi<sup>e</sup> siècle.

175 — Une petite coupe en Jade.

176 — Boîte en écaille blonde piqué d'or.

177 — Flacon en cristal de roche, dans son étui.

178 — Id. Id. garni en or.

179 — Médaillon en bronze, par Dupré.

180 — Un bas-relief encadré : la Descente de croix.

181 — Un Poignard, avec manche en cristal de roche.

182 — Miniature : Sainte Famille, dans son cadre sculpté et doré.

183 — Un Cœur en cristal de roche gravé.

184 — Portrait de Seigneur, par Robert Nanteuil. (Dessin.)

185 — Deux Confituriers en porcelaine de vieux Sèvres, à bouquets de fleurs.

186 — Deux Coffrets en écaille, avec monture en argent, époque Louis XIII.

187 — Très-belle Plaque ronde en émail de Limoges, signé de Léonard Limosin; sujet mythologique.

188 — Triptyque en ivoire et bois très-fin. Travail italien du XVIe siècle. L'Adoration des Mages.

189 — Statuette de femme, avec enfants. Très-beau travail du XVIe siècle. (Ivoire.)

190 — Très-belle tasse en cristal de roche, avec ornements en relief. Monture en or.

191 — Joli Coffret en agate orientale, avec monture en argent de l'époque de Louis XIII.

192 — Belle montre en or émaillé, époque Louis XIV. Signé de Huaut.

193 — Un beau vase à couvercle en argent doré, finement repoussée. Travail du XVIe siècle.

194 — Une petite boîte, agate orientale montée en or. Époque Louis XV.

195 — Groupe en buis sculpté : Vierge et Enfant Jésus, XVIIe siècle, avec ornements en argent.

196 — Deux Plaques de serrure de coffre italien, bronze doré, XVIe siècle.

197 — Petit Montre du XVIe siècle, en cristal de roche.

198 — Très-beau fusil, avec incrustations d'ivoire, XVIIe siècle.

199 — Beau Plat en Faenza, du XVIe siècle, avec sujet mythologique.

200 — Deux Plats en Palissy, à ornements et figures.

201 — Un autre Plat  id. ,  avec ornements à jour.

202-203-204 — Éventails des époques Louis XV et Louis XVI, avec riches montures en ivoire.

205 — Un Vase ancien en Faenza, à anses, orné de sujets de personnages.

206 — Une très-belle Aiguière en argent finement ciselé.

207 — Un Vidrecome en pierre de lar, avec riche monture en argent doré, du xvi⁰ siècle.

208 — Une Statuette en bronze : Gladiateur sur socle en porphyre oriental, avec ornements en bronze doré, finement ciselés.

209 — Vase à couvercle gothique d'un beau travail en argent doré et cuivre.

210 — Deux belles Plaques en émail de Limoges, par Laudin ; d'une parfaite conservation. (Sujets profanes.)

211 — Très-belle Miniature, par G. Bawr : la Tour de Babel.

212 — Quatre charmantes Statuettes en porcelaine d'Allemagne : Danseurs et danseuses, costumes de l'époque de Louis XV.

213 — Douze Cuillers en argent, ornées de figurines, xvi⁰ siècle.

214 — Une petite Plaque en cristal de roche. Portrait équestre, d'après Van Dyck.

215 — Statuette d'une fonte très-légère. Travail italien du xvi⁰ siècle.

216 — Bas-relief en scaiola : Vénus d'après l'antique.

217 —    Id.    Id.    Un Mariage,    Id.

218 — Jeu d'échecs en ivoire ancien. Epoque Louis XIII.

219-220 — Deux anciennes Bagues très-riches, avec camées en émeraudes, ornés de brillants.

221 — Broche en or, avec camée en émeraude.

222 — Christ en croix en ivoire, dans sa bordure sculptée.

223 — Coffret vénitien.

224 — Un Groupe en poirier : Vierge et Enfant Jésus.

225 — Statuette d'Ange en poirier sculpté.

226 — Bas-relief en bronze : Vierge et Enfant Jésus.

227 — Deux Magots en bois sculpté.

228 — Glace à biseau, dans sa bordure Louis XIV, en bois sculpté.

229 — Suite de douze pièces, imitation de bas-relief en bronze, peinture sur marbre, par Sauvage.

230 — Paire de Flambeaux en cuivre repoussé, argenté.

231 — Paire de Flambeaux Louis XVI, avec cristaux de roche.

232 — Une autre paire Louis XVI, bronze doré.

233 — Très-belle Statuette en ivoire. Travail du xvii<sup>e</sup> siècle.

234 — Miniature sur vélin, originale de François Miéris le Vieux, dans sa bordure, ornée de pierres dures.

235 — Un Vidrecome en argent doré. Travail très-fin du
XVII<sup>e</sup> siècle.

236 — Une magnifique Coupe en onyx orientale à deux
couches, avec dessins en relief, sur pied en lapis lazzulé.

237 — Un petit Cippe en ivoire, sujet d'Amours, par François Flamand.

238 — Jolie Boîte en jaspe sanguin gravé, montée en or
avec pierres fines.

239 — Petite Pendule Louis XVI, bronze doré, forme lyre.

240 — Une Tasse et sa Soucoupe en pâte tendre, vieux
Sèvres.

241 — Une Montre d'évêque, en forme de croix, en cristal
de roche.

242 — Statuette d'Hercule, bronze d'après Michel-Ange.


## Meubles et Objets d'ameublement.

243 — Une Gaîne en bois sculpté, époque Louis XVI.

244 — Très-beau Cabinet en ivoire, à deux vantaux, avec
tiroirs à l'intérieur, décors d'ornements et d'animaux.

245 — Un autre Cabinet en ébène, avec garniture en argent
gravé, et orné de peintures de Van Kessel, époque de
Louis XIII.

246 — Un petit Guéridon orné de peintures de Sauvage ;
monture en bronze.

247 — Meuble italien à hauteur d'appui, palissandre incrusté d'ivoire.

248 — Meuble-Cabinet en vieux laque de Chine, avec gar-
nitures très-fines en bronze doré.

249-250 — Deux autres meubles à hauteur d'appui, pan-
neaux en vieux laque et dessus en porphyre vert.

251 — Un Paravent à six feuilles, tapisserie bien conservée,
époque Louis XIII.

252 — Un Paravent à six feuilles, en laque de Chine.

253 — Chenets en bronze, époque Louis XVI.

254 — Deux petits enfants formant flambeau, bronze
Louis XVI.

## Marbres et Terres cuites.

255 — Superbe buste d'Homère drapé, en marbre blanc.

256 — Très-beau bas-relief du xvi<sup>e</sup> siècle : Hercule au repos.
Marbre blanc.

257 — Bas-relief du xvi<sup>e</sup> siècle : Antoine et Cléopâtre. Marbre blanc, avec encadrement en bois sculpté.

258 — Un petit groupe : Faune portant une faunesse et un
petit satyre, en marbre blanc.

59 — Groupe de chiens en marbre blanc.

260 — Charmant bas-relief rond, par Clodion : Le Baiser de
l'Amour. Terre cuite.

261 — Médaillon, par Nini. Terre cuite.

262 — Petit bas-relief représentant un chien. Rouge antique
sur fond de marbre blanc.

263 — Une statuette de Bacchus enfant. Terre cuite.

264 — Très-beau bas-relief du xvi° siècle, en albâtre oriental, rehaussé d'or : le Christ sortant du tombeau ; dans
sa bordure de l'époque.

265 — Mosaïque très-fine : Paysage, d'après Claude Lor-
rain.

266 — Petit socle en porphyre oriental et marbre blanc.

267 — Statuette de Femme, marbre blanc antique.

268 — Tête de Femme,        Id.            Id.

269 — Une Tête d'Homme, ancienne terre cuite.

270 — Très-belle statuette de Femme nue, debout, en marbre blanc, xvi° siècle.

271 — Deux beaux bas-reliefs en terre cuite, dans leurs
cadres sculptés. Travail italien du xvi° au xvii° siècle.

272 — Deux bas-reliefs, mosaïques anciennes de Florence :
sujets d'Animaux.

273 — Beau bas-relief en marbre, xvi° siècle : tête de Guer-
rier, avec attributs.

274 — Tête de Faune, marbre blanc antique.

275 — Deux petits supports formés par des têtes d'Anges. Marbre, xvie siècle.

276 — Un bénitier avec armoirie. Marbre blanc, xvie siècle.

277 — Un bas-relief italien : le Sommeil de l'Amour. Marbre blanc, xvie siècle.

278 — Un autre bas-relief cintré : Amours vendangeurs en marbre.

279 — Un torse de Christ à la colonne, en marbre.

280 — Un buste de Voltaire, en marbre.

281 — Deux vases en porphyre gris, monture en bronze Louis XVI.

282 — Buste de Nymphe en terre cuite, par Clodion.

283 — Statuette de Nymphe couchée, en marbre.

284 — Groupe : Vénus et l'Amour. Terre cuite. Travail italien.

285 — Nymphe : statuette en marbre.

286 — Un bas-relief en rouge antique : Faune et Faunesse sur fond de marbre blanc.

287 — Un support : tête d'Ange, en marbre, xvie siècle.

288 — Un prie-Dieu en marbre formé par une tête d'Ange.

289 — Buste antique de Sénèque, trouvé dans les ruines de Pompéi.

290 — Écusson en marbre provenant des tombeaux des ducs de Bourgogne.

291 — La Madeleine à genoux. Marbre, d'après Canova.

292 — Christ à la colonne, en albâtre oriental.

293 — Vase avec bas-relief, d'après l'antique. Terre cuite.

294 — Deux bas-reliefs marbre : bustes de la Vierge et du Christ. Attribués à Falconnet.

295 — L'Esclave, terre cuite, d'après Michel-Ange.

## Porcelaines, Bronzes chinois et Laques.

296 — Une statuette en marbre et son socle, XVIe siècle.

297 — Un brûle-parfums, ancien émail cloisonné.

298 — Un brasero, carré long. Ancien bronze chinois.

299 — Un Éléphant. Ancien bronze chinois.

300 — Brûle-parfums, fleur de lotus. Ancien bronze chinois.

301 — Deux Magots. Ancien bronze chinois.

302 — Une coupe gravée sur socle en bois de fer. Ancien bronze chinois.

303 — Un cornet en bronze incrusté d'argent. Ancien bronze chinois, avec socle en bois de fer.

304 — Une petite Chimère en bronze chinois laqué.

305 — Une boîte en bronze de Tonkin, avec reliefs d'argent.

306 — Une Divinité égyptienne en bronze antique.

307 — Un **Magot** en céladon formant flambeau, orné de fleurs en Saxe.

308 — Statuette de mandarin assis, en bois sculpté et doré.

309 — Divinité chinoise en bronze doré.

310 — Brûle-parfums à trois pieds, en bronze chinois gravé, avec couvercle et pied en bois sculpté.

311 — Autre brûle-parfums à quatre pieds en bois sculpté.

312 — Deux petits écrans chinois en bois de fer, niellé d'argent, ornés de morceaux de jade finement sculptés.

313 — Nécessaire contenant un thé complet en laque de Chine.

314 — Théière en Japon, avec monture ancienne en bronze doré.

315 — Boîte à bijoux en vieux laque de Chine.

316 — Coupe en jade à deux anses, avec couvercle et socle en bois de fer.

317 — Paon formant brûle-parfums, en bronze chinois.

318 — Statuette de magot en céladon vert et chocolat.

319 — Boîte carrée à quatre compartiments, en laque de Chine.

320 — Boîte longue à reliefs d'or, en vieux laque de Chine.

321 — Boîte à compartiments en vieux laque de Chine, avec paysages.

322 — Petit vase en craquelé gris, avec pied en bois de fer.

323 — Deux petits chevaux en bronze chinois ancien.

324 — Six belles assiettes porcelaine de Chine émaillée, demi-coquille d'œuf.

325 — Deux vases en porcelaine de Chine ancienne.

326 — Deux beaux vases en bronze de Tonkin.

327 — Belle boîte en laque de Chine vert aventuriné, sujet en relief.

328 — Buste en marbre, Empereur romain avec clamyde en marbre de couleur.

329 — Un très-gracieux buste de femme en marbre blanc, époque Louis XV.

330 — Deux très-beaux et grands vases en faenza avec portraits équestres.

331 — Miniature originale de Miéris sur velin dans son cadre en ébène, orné de pierres dures.

332 — Un petit cippe en ivoire avec bas-relief, par F. Flamand.

333 — Sous ce numéro, objets de la Chine et du Japon, émaux, ivoires, etc., qui n'ont pu être catalogués.

Renou et MAULDE, imprimeurs de la Compagnie des Commissaires-Priseurs, rue de Rivoli, 144.           45999

www.ingramcontent.com/pod-product-compliance
Ingram Content Group UK Ltd.
Pitfield, Milton Keynes, MK11 3LW, UK
UKHW031745170726
13836UKWH00002B/895